JN148891

音又の森

相澤啓三

書肆山田

目次——音叉の森

I　（二〇一二年―二〇一三年）

II　（二〇一四年—二〇一五年）

音叉の森

I

（二〇一二年――二〇一三年）

ぬばたまの

池の島に啼く鳥の声ひたとやみいま完黙の鳥翔びたたむ

暮れなづむ島の木に居る蒼き鷺よみがへりこむ魚を待てり

黄泉路とふ原郷ありて池の辺の小楢林の黄葉親しき

ぬばたまの他界にわたる貌鳥は音なく来居てわれに見入れり

死者の池に蒼白の影動かぬを五位鷺と呼び時をやらしむ

青き絵

東京・世田谷美術館で松本竣介生誕一〇〇年展を見る（二〇一二年一二月二四日）

青き絵を前に二人の青年がひつそり立てり手話交はしつつ

静けさを底にひそむる街と人とわが夢に棲む景色とならむ

昭和初期はわが幼年期　小春日に白き模型の街衢が燃ゆる

遠街の磚（いしがはらみち）　道さびしくて成り行きできみとクリスマスディナー

暗き絵は冬の林を蹤（つ）ききたりホットワインの卓に和みぬ

帰郷

ふるさとの焦土見下ろす丘の端の木に懸くるべし贄・祭司王

罹災後の無一物者の彷徨に一些事として敗戦告知

屈辱の思ひのみ濃き湯田学校再訪遂げてはやも宵闇

＊甲府市湯田尋常小学校は卒業の時には国民学校と称した。旧校舎は一九四五年七月空襲で市域の大半とともに焼失。

わがためにに遠回りして訪はせたる姪に語り得ず悲し母校は

脚を病むわれとゴム靴の高君(こう)を教師は列のそとに弾じきし

焼跡の湯泉（ゆ）の涌き口に青年を直ぐ立たしめき月光の征矢（そや）

若者らネットコクーンにこもるらし顔なき都市の白き日曜

両側に柳屋旅館聳えたち自転車の子が通ひきここを

＊甲府駅前に通じる電車通りの東側に西柳屋、西側に東柳屋があって共に木造三階建ての偉容を誇ったが、戦災後区画整理により面影もない。

黒漆喰土蔵造りの問屋街　キリコの絵のうちにわが影のびる

幾重もの転変の相よぎりつつ失へるものをふるさとと呼ぶ

駅前のマックで食らふバーガーよ　きみと帰郷のホテルを発ちて

虹のともがき――ドナルド・リチーさん追悼

遺灰を故人の望みどほりの水辺に帰した俳優水島文夫兄に

「ストラヴィンスキーお好きですね」と問へばすぐ口でリズムをとりにき彼は

広小路クルージングのときドン・リチーも獲物をねらふ異人さんの貌に

タオルミナに似たる楽土をリチーさんが行く先々で見出でし戦後

若者でありし四人が彼の手をとりて送れり若者として

セレモニーに花は名告れど見えて見えぬ暗礁に立つ虹のともがき

女優——大塚道子さん追悼
造形作家大塚隆史兄に

空っぽの舞台へ拍手やまざれば若やぎてなほその人はあれ

満ち足るる休み日の夜のまどろみに幕予告なく下りぬと伝ふ

嘆くべき一の友人が次の日に急死せりとぞ没後のドラマ

「綺麗だから女優になった」と演技派の大塚道子はしれつと言ひき

よき人のよき時のままつどひ居る記憶の奥を彼岸と呼ばむ

コルヴォー男爵

病む脚に行手は曠野(あらの)にひとしかれ日は寒空に遠く耀(かがよ)ふ

投票をすませてライヴに急ぐきみが足弱を置きて遠ざかる見ゆ

姿なき尾行の気配に歩を止めて春ブルゾンのきぬずれと知る

ハンチングより花びら二ひらこぼれ落つ遠出再開の物証として

伐られたる古木の株をいたむとき鶫は胸をはりて行き過ぐ

ダンベルで鍛へ水夫と抱き合はむコルヴォー男爵に貴腐の雉肉

香りたつ嫉妬の園を厭離して木香薔薇は垣にまどろむ

世代論ふりかざす者またきたり変節までの装飾花青し

鎮痛剤効きて憂ひのなきごとく一息に芽吹く林をよぎる

緑色(りょくしょく)の眼(まなこ)の怖れきざせりと知りて芽吹きはかくもあざらけし

セレナードのホルンたえだえに遠ざかりはるか喘ぐかに救急車行く

＊マーク・パドモアが歌ふブリテン作曲「テノールとホルンと弦楽のためのセレナード」。

情報の交換

ここに居てここに居ぬかと人ら見ゆスマホに世界労せずありて

情報の交換瞬時になるうちに行きつ戻りつの書淫がぽつり

優先席はそしらぬ顔が優占し軽コミュニケーションの無言が圧す

*軽いコミュニケーション——ウンベルト・エーコ。

約束の沃野と見えて破れゆく岩棚のふちに眼を上げず

労働の解放に代へ生からの全的排除がテロルをひらく

受難楽

福音にけ遠く醒めて受難楽に胸つかるるをわれといぶかる

瞑想のまねびのうちに少年を羽交ひ締めにせし御告げの天使

父が遺せる催眠術の手引き書を読みて異界の宙に浮きにき

裁き主は父のごとくに隠れ居ればつねにおびえつつ慕はしかりき

青春にとりかへしつかぬものありと不意の悔みはながく鎮まらず

眼の花

対岸に花の穂立てるトチノキのやはき木蔭は頬をかき撫づ

日光浴始めの白き内股にまだ鎧はざる罪のいざなひ

少年の指すりぬけて芽吹かざる黒種草の青き惑はし

不死鳥の愛の死をよそに雉鳩はひとり路傍に間なく啄む
＊シェイクスピアの詩「不死鳥と雉鳩」より「愛と貞潔は死に／不死鳥と鳩が一つの火のうちに／この世を去った」（吉田健一訳）。

魔の群れの繚乱のあと荒涼の地に穿たれむ暗き眼の花

見よトルソ頽唐のロオマ人(びと)のごとエピキュルの蠟にストアの鏨(たがね)

眼球に切子の匠居坐りて宙にメドゥーサの髪は漂ふ

薔薇屋敷に歩み至れば口を噤み薔薇は淫蕩の極みによどむ

砂の綾織りては潰ゆる果てなさを見守るに飽く神の一日

葉桜の並木の道はひとすぢに墓室につづくやすらぎに充つ

アメシストは夕空に劈く　母が子の門出に与へしカフスボタンの

〈ほととぎす〉——古歌パラフレーズ

若き書家西村裕紀也兄に献ぐ

時鳥鳴くや五月の玉くしげ二声聞きて明くる夜もがも

飛鳥井雅経（新勅撰集・夏）

ほととぎすの鳴く五月

宝石の五月

真珠母張りの化粧箱の蓋がかたとあき

ほととぎすが二声鳴いて飛び去り
（ああ綾の目も菖蒲（あやめ）の花も見分けられぬ
不条理な愛の常闇と歌はれてゐるけれど）
あてに爽やかに
明け渡る夜があつたら

〈返へし〉アララギ亜流写生歌王朝風味

明けやすき朝顔ははや色に出で二声ならず四十雀鳴く

クオリア

いつかわがイマージュとして顕ちて来よいちどきに充ち去（い）なむ初夏

ひたむきにこころ崩れむ者に添ひ跳べりその名は〈生きる歓び〉

かかへこむ闇深ければ老木は朝け総身を振りて狂へり

相触れぬ木々の自立に魅入らるるこのクオリアを何に代ふべき

＊クオリア（感覚質）＝感覚の主観的体験。

心地よき梅雨の晴れ間の夕明かり消えゆくままに木々と眠らな

蔵のはざまに真直ぐに立てる梨の木の焼夷の夜を誰が見守りし

渡り廊の磚道（いしがはらみち）こだまして幼年はつねにほのぐらき獄

「ごはんすぐできるからね」と帰るなり言ふきみにわれは何と見えゐむ

家近きリストランテの卓につけば見知らぬ町の道行のごとし

雑踏のゼブラゾーンの音が消えリズム心地よき下半身が来る

捕食者の爪牙にかかる羚羊の忘我の眸われにもあらむ

惻隠のミラーニューロンのはたらきが倫理の基礎と孟子が説ける

旋回し時を充たして墜ちゆかむ生ありて生は解体の渦

わが内なる反逆者の声うちひしぎ劣化をぐちる声うぢうぢと

ほれぼれと結ぼれ解くる映画見つきみにさりげなく誘ひ出されて

書を閉ぢて椅子に眠れば草原にたてがみそよとなびく感覚

樫の木の緑重しと見ゆるときさゆらぐ峡（かひ）の林を恋へり

煮えたつ夏

かの夏の死を生きのびし世代にてその訃の至るとしどしの夏

フライングステージの俳優羽矢瀬智也君の急逝を悼んで劇団主宰関根信一兄に

セクシャリティの告白をする若者を口疾（くちど）に演じ若く疾く去れる

過ぎしことをそらに弁明するそばにぐじやぐじやと自己嫌悪涌きたつ

友の目に大胆不敵と見えしわが惑乱をこそ十八歳(じふはち)と呼べ

いづれ無に帰せむ現世もまづはこの煮えたつ夏をしのがねばならぬ

レコーディング

右肩に激痛走り起き上がれぬきみを支へてわが胸塞ぐ

頸椎症の痛みを注射で抑さへえてリハーサルに行くいつもの微笑

カチカチと口で切り火のまねをすればレコーディングに向かふきみが笑へり

スタジオ代その他の簿記を了へてまづきみは仲間の演奏を誉む

わが死後にきみがはじめて歌ひ得む愛の欠落愛の充足

ニケの翼

霧雨の神保町の夕まぐれ記憶の街区が顕ちて迷はす

片隅の椅子にひそめば祝宴は音なく遠き人の世のこと

引くたびに顔現はれていざなへるスペードの騎士「無下に拒むな」

幾分か逸脱者めく場のいくつ挿入されて詩人のファイル

きぬぎぬのほのあかりのみやはらかし　宝飾細工師の鉄の寝台

「愛の死」を千々石(ちぢわ)の海をまなかひの車中に聴きてかの日別れし

「パルジファル」聖金曜日の音楽に遠ざかる見ゆ友が立ちし陸(おか)

シャルリュスに拐されてオー・シャルのクロークにわが預けし時間

汝(なれ)アポロわれマルシュアスとたはむれし求愛は血の匂ひの修辞

皮剝ぎのむくろ清むる節(ふし)あれや笛吹けど吹けど地霊渇けり

特権的ならざれば愛す十月のただぼうと立つ川の辺の木々

夢に故畑中良輔先生に会って別れを告ぐ

うすら日にこれでお別れと手をとれば「楽しかったわよ」とわれを泣かしむ

深々と耐へたるものの奥知れずトゥーン湖は呼ぶ秋ブラームス

*ブラームスは一八八六年から八八年にかけて、夏スイスのトゥーン湖畔に滞在した。私がその湖畔で小憩したのは一九六八年の早春のことだつた。

信仰のことばむなしく躓けどバッハは時に激して灌ぐ

シューベルトの歌に裂け入る苦のしるし繕ひてのちも足取り重し
＊わけても死の二ケ月前に作曲された弦楽五重奏曲ハ長調の第二楽章。

薄明の林くまなく香にしみしサーラよ息の終りにかよへ

夕空にニケの翼に似る雲の何に魅入りて形崩さぬ

《浮遊》

1・荒野の形相

草の穂に淡き夕陽はふつと消え荒野の形相せりだしてくる

頻尿に搗きくだかるる夜夜の万華鏡なす夢のちりぢり

つのる違和告げむとグラス置きたれどスケジュール混むきみをいたはる

朝までに失血死せむと思ふほどの血尿のほとりしらじらと立つ

肉はいま葡萄酒色に溶け出でて透きとほりゆくわが魂か

眼にうつるすべては見知らぬ貌を持ち弾じき出さるる者に声なし

余命数へらるる時至り昨日見し街はそのまま今朝は異郷に

近くありてすぐに来られて任せたる気鋭の医師もわれの運命

病院に付き添ひゆくと言ひ出せるきみは覚悟をためらはずしつ

膀胱癌手術知らせば電話先の姉は一瞬声をうるます

病む個体食はれて終る生き物を超えし人間は意識に食はる

真空より出て真空にすぐ消ゆるヴァーチャル粒子を〈生〉として読む

始めなく終りまたなきごとくにかきみがそばにゐる夜は充ちみつ

おだやかに楽譜を写すきみのもと老いは黄金の時を奏づる

医療情報集めつつきみはいちはやくサポートネット張りめぐらせり

転移なしのＣＴ診断共に聴きて「イタリアン・ランチ食べよう」と言ふ

オフィス街の昼食時の列につくも病院通ひの新鮮にして

すぐ死ねるわけではなくてお出口はこちらといふだけマイアガルナヨ

手術への不安抱くにあらざれど茫然と居ぬ黄葉の林

ターナー展見終れば森に灯はともりきみとぼくが居る異界の構図

喫茶室の光は木々の闇を縫ひデルヴォーの絵の中に煌く

執刀医の説明受くるわれよりはきみがたのもしく事を受け止む

人間は精神となるより早くおのが身体をいぢり回せり

解剖の蛙の姿勢に結へられペニスに器具がさしこまるべし

多目的器官なれども片務的信頼のもといま曝されむ

3・死の舟

手術室へ病院の迷路押し渡り死の舟となるベッドもあらむ

わらわらとドアからドアへ「ひらけ胡麻」管につながるる者まかり入る

幸せを運び来し子が良き首尾の証人としてわれを見守る

屠らるる獣の放下極まりて麻酔医らの手が背筋をさぐる

結へられて術後安静仰臥すれば座骨神経痛の激痛襲ふ

導尿管スタンド押して排便に通ふ夜中の鏡覗かず

妹の逝ける春の夜発病し五月の朝によみがへりにき

死より生へよびもどされし病室は遠く日の射さぬ空白に顕つ

二〇一三年一二月六日特定秘密保護法成立

自縛への悪法成立せる朝に導尿管より自由の身となる

論説誌編集現場思ひやるここに気負ひも方策もなく

年闌（た）けたる郷里の姉らうちそろひ見舞ひ給へば涙こみあぐ

戦災の乏しき日々の少年をこの姉たちが守りしを忘れず

叔父らしき働き何もなきわれに医師なる姪の気遣ひ優し

姪たちの生活と意見それぞれを改めて識る見舞ひの会話

超高層ビルの隙間に宙吊りの残んの紅葉が朝夕の景

日曜の都庁通りは絵本めきカナリア色の鳩バスが来る

摩天街のホテルのコートでテニスする父子にそれなりの現実あらむ

生きがたく死にがたくなほ生きつづく病棟の外は有執(うしふ)のうつつ

文明の病ひを通過儀礼とし戦野にハンス・カストルプ消ゆ

＊ハンス・カストルプはトマス・マンの小説『魔の山』の主人公。

変革の歌こだませし闇の原に非現実都市出でて半世紀

わが時はとうに終れりと思ひつつ危機に雪崩れこむ時流にあらがふ

朝の夢にエルガーをチェロで弾きゐたる夭折の部下よわが退けし

＊ジャン＝ギアン・ケラスが弾くエルガー「チェロ協奏曲」を入院前に溺れるやうに聴いた。

認識票パチッと手より切りはなし「ご退院です」と看護師は告ぐ

きみのために生きむと思ふ単純に住みなるる街の冬天眩し

先立たるることのみ怖れ死を恋ひしおのれ恥ぢつつ微笑み交はす

II

（二〇一四年——二〇一五年）

泌尿器科待合室

中村豊氏より来信ありて

「生きる者はすなはち生きる義理あり」と苦の先達がわれを戒む

冬枯れはやうやく和み病院に通ふ歩道もはや四ヶ月

尿カップ提出すませ顔のなき一人となりて椅子に居並ぶ

屈辱を負ふ者のごと泌尿器科待合室に無言が淀む

いらだちとうらみを含む病者らは押し黙りつつ毒を醸せり

ぶううんと院内通奏低音が患者呼び入るる声際立たす

癌治療に半身曝しあふのけば陵辱を待つ虜囚の心地

カーテンに仕切られて見えぬ下半身に人の尊厳はしばし及ばず

苦痛なき膀胱内注入といへ治療は犯しにいかほどか似る

カテーテルは尿道をくくと押し通り官能の燠をほのかに熾す

人らみな生（しやう）・病の獄にこごみゐて呼び交はすなし「憐ミタマヘ」

スマイル

金丸正城CD「ジーズ・フーリッシュ・シングズ——ザ・バラード・アルバム」
発売記念コンサート（二〇一四年二月二一日）

悲しみを知るはずもなきに深々ときみが歌唱に愛の悲しみ

哀歓を見えざるわざで包みこみ歌が哀歓を超えて迫れり

手術前黄葉の林にひとり居てすがるかに聴けりその「スマイル」を

*「スマイル」はチャーリー・チャップリン作曲によるジャズ・バラード。

故金丸正雄・知子夫妻に

預かりし才能はかく実れりと拍手のかなた宙に呼びかく

ミュージシャンと祝杯あげてのちの夜半きみは真顔でわが評を問ふ

牧神

牧神は虚無の裏側を知りたればセバスチャンへの矢を喉に引き受く

レジェンダリ聖地となりて語らるるかしこにとぐろ巻きしは誰ぞ

＊作家中井英夫のパートナー、元小出版社主田中貞夫が営む新宿の「薔薇土」（バア「牧神」の後身）は一時期異端派の文芸サロンの観を呈したが、田中が咽頭癌で倒れて廃業。

口舌でざつくり人に傷負はす伴侶（とも）の影に佇つ悲母なりしひとよ

呑んでかかる神には弱き牧神が吹くことやめし笛のかなしき

バア「牧神」サロン「薔薇土（ばらあど）」の盛衰も涌きたつ時の頂にありし

術後観察期

恢復期とふ泡立ちて甘く酸き季節　餐卓に銀の兇器煌き

芝原の真中に立ちて胸張れる鶫のサイズなるもりりしく

刈り込まれ馬酔木乏しく咲く藪にかくれんぼの子はいづこへ消えし

死者たちは屈託なげに若やげば探偵われは指立てて問ふ

医師が言葉濁して次の検査まで浮草淀む術後観察期

回帰する主題

終末のヴィジョンかるがる裏切られなしくづし生き難くなりゆく

人間の構想力をだしぬいて自然はあくまで道化師の神

疑ひも諍ひもなき日常に破線がある日ひつそり開く

一足で春のらしさが追ひついて「マジかよ」とばかり鶯の声

もう行けぬ花見どころを数へつつ散りぬるわが世の盛りを悼む

夕づきて彩りを増す花の森にいたく疲れて結ぼれ帰る

今年花がさまになりたる若木らよ汝が爛漫まで生きてはをらじ

衰へる感官になほ香をさぐるリラは過ぎゆきの証しを拒む

回帰する主題は胸をかきむしりそのひとところドリルのごとく

狷介の裏におびえのはりつける青春の鎧まだ綻びず

古典的権力悪に抗ひしと思へ ヒドラの権力のいま

せめぎあふ先端の虚妄苦かりしを同時代史が偽る　痛し

事に遭ひて見抜きし者は録さざるを踊りし者がとくとくと記す

政治的無知の擬態で守りしは生の再生と思ふもまぼろし

管理より情報資本主義になる前にとうに後衛たりき叛きは

理由あれど反抗のなき若きらにひねこびて見えむジェームズ・ディーン

ニワトコの小(ち)さき花房わたるとき風はたはむれにその頬を寄す

藤浪のゆかしき下に栗鼠のやうスマホいぢくるをみなら座せり

なごやかに風立つままになびきつつ藤棚にあり癌を重りに

満天星（どうだん）の小さき暗がりに出入りして雀の子らは大地（つち）を啄む

猫も犬も意識マスターに役を振られ意識のひとしきステージ踏めり

木々の間に音なき音楽の瀧をなす木香薔薇に招かれてゆく

すずやかにわれを花の穂とかかげたる腕（かひな）は父ぞと栃の木は告ぐ

さまよひ出る——オペラの中へ、オペラの外へ

モーツァルト『コジ・ファン・トゥッテ』の後で（五月二六日東銀座東劇、レヴァイン指揮メトロポリタン歌劇場）

METライブ見終へてメトロに肩を寄せ愛を験さざる二人と思ふ

プッチーニ『ラ・ボエーム』の涙は甘い（五月二四日録画で、シャイー指揮バレンシア歌劇場二〇一四年）

生き残る覚悟如何と問はれずに肩いだきあふ幕切れを愛す

解き放つ人が待たれし幾冬の市電の窓の結晶世界

リヒャルト・シュトラウス『アラベラ』第一幕を見ながら（五月二五日新国立劇場公演、ド・ビリー指揮）

墓標にと願へる樹木の跡もなし　自死に焦がれし丘の端の眺め

マスネ『ヴェルテル』の原作は高校ドイツ語の副読本だつた（四月一二日東劇METライブ、カウフマン主演）

掛け時計横抱きにして河岸に立てど黒き艀はのぼりきたらず

コルンゴルト『死の都』そのものへとさまよひ出る（三月一八日新国立劇場公演、トルステン・ケール主演）

ワーグナー『パルジファル』にはいつもアンビヴァレントに（一〇月一四日新国立劇場公演、ヘルリツィウス、トムリンソン他）

モティーフの媾ひ（まぐはひ）せせる息ごとにうつろなる信にうなづかむとす

ロッシーニ『チェネレントラ』の超絶技巧歌唱が訴へる時代精神（六月二日東劇METライブ、ディドナート、フローレス他）

転向の父の思ひを名に負へば啓蒙の側にわが立ちどころ

ヴェルディ『ナブッコ』の黄金の翼に寄せて（五月三〇日NHKホール、ムーティ指揮ローマ歌劇場公演）

こんじきの靄立つ汀（みぎは）にみなぎりし翼のことば呼ばはれば来よ

玻璃の鉢

なんとなく日頃の内証事通じ合へどのちのちのことは言はねばならぬ

「おいしいでしょ」「おいしいね」なんてやりとりは小津調に似てどこか可笑しく

お土産の桜桃を玻璃の鉢に盛りきみは一日を美しく閉づ

「いつ来ても穏やかですね」と不思議がる客はその伴侶（とも）と軋み合ふらし

森栄喜写真集 tokyo boy alone に寄せて

若者はよく眠る者　そこに居てさばさばヌードを撮らせたりして

森栄喜写真集 intimacy に寄せて

シャッターが構へてこごる世界よりなんとなく開く時空があつて

かつこよきコカコーラボーイズいまいづこ揃ひのつなぎに肌あらはなる

野の沖に霞む市域へつらなりし送電塔も野もなし今は

富裕層が謀叛でめざすアナルキアたとへばなにがしヒルズ独立

憎しみは悲しみに他ならぬとぞ墓碑が飛礫(つぶて)へと砕かるるとも

*「憎しみは、外部の原因の観念をともなっている悲しみにほかならない」スピノザ『エティカ』第三部（工藤喜作・斎藤博訳）

人はみな娶りてのちは遠くあり　ケロイドのごとき青春の封

癌部位の病態を医師にただしつつ付き添ふきみの声が明るむ

晩秋まで手術猶予と告げられてきみの見立てで夏のファッション

岡の背を越ゆればさやぐヤマナラシわが郷愁は北方を指す

先に立つ者

逝く者はかそけかるともつづけざまかすめて去ればわが影淡し

先に立つ者の視線に包まれてありし充実はいつとなく消ゆ

あやぶみつつ何も言はずに気遣ひ居るわれをそのやうに見し者らはも

何事もひとりでできるきみはただひとりで生きる呻きを知らず

男らはその場限りで過ぎゆけど違ふ違ふとシーツ嚙みにき

三叉路は悲しかりけり帰るやと深夜に出でゐ明けにもとほる

かたくなに心閉ざすはなにならむと迷ふもそこが地獄一丁目

戻りきて従者の位置に身を置けるいとほしと思ふ間なく死にしを

喪失を嘆けど嫉妬せざりしは高慢（スペルビア）ゆゑと年へて悟る

ディスプレイとふ窓に向き合ふきみは背でわれの動静をフォローして居り

われの胸にすがりて眠る者と共に肉を青銅の像とならしめ

姫川の翡翠

断絃を嘆くの他に能なければ通信絶たむと加藤氏は言へど

姫川の翡翠となりてまぎれゐむ智満子澄子を撮りしカメラは

＊多田智満子と矢川澄子。加藤信行氏は智満子の夫君。

乗馬姿いづれがかつこよきやなど競ひしも死のレース直前

友愛（フラタルニテ）の会話があるとすれば　かの　夏の智満子と冬の澄子と

才媛が許して俗を露はせる　在俗の僧かストーヴかわれは

見る智満子なぞる澄子を青空の冥きに呼びて戸隠を行け

受苦のかたち

耐へて生くる受苦のかたちを犬が負ひ盲目の女(ひと)は顔上げて行く

ある年のこと

「出来ますから」とひくく言ひきり手さぐりで婦人は犬の糞仕末せり

それから四年後

衰へる盲導犬を励ましつつ女人は過ぎぬ威ある者のごと

ウィリアム・ソウルゼンバーグ『捕食者なき世界』とハンナ・アレント『聖アウグスティヌスの愛の概念』を並行して読む

生命あるものが生命あるものを食ふ連鎖の上に隣人愛を問ふ

会へば眼をそらせしは何恃みてか笹鳴りしげく背(そびら)をよぎる

親しめど距離置く習ひ悔ましく懸けられし思ひ推しはかるのみ

渡辺眸写真展「一九六八新宿」を新宿西口の故地に見る

闇に涌きしどよめきを闇に定着し写真は時を二重にうつす

古き友に、数十年前北鎌倉への小旅行でのスナップ写真に添へて

赴任後も変はらじとつひ言はざりし札幌は遠き遠きその頃

同じく、その七年後の奥多摩ドライブの折りのスナップに

戯れに肩を抱きてそれ以後は友となるべき愛の封印

細身なる肉の彫琢は甘かれど若き競技者は見る目に挑む

落日にわざとはしやぎて裸形となる十七歳の競技の終り

はや形整ひくれば少年は身体を意識にのせつつ着換ふ

約束に見合ふ裏切り待ちてゐむ若き身体のそれぞれの明日

十六、七歳（じふろくしち）の肉が詩である悦びを人となる前は悪夢と思ふ

木犀がインカの金に照るときに罪は青年の肌を薫らす

つや消して木々は黄落を待つらしと癌再手術待つ身が思ふ

すいすいと窓に触れて去る通り雨　ひとりですかと秋の囁き

家系

十月の光は木々をいつくしみよみがへるべく去りなむと告ぐ

細胞死まだらにすすむ枷のうち憧れ出でむ息のみ疾し

憤る理由さぐればひとが見せる動画見るやうにどうでもよくなる

「いやですね」とつぶやく婦人にうなづけばヘイトスピーチへの身構へゆるむ

あわただしくわけ入りておのれ見出せる世界を未知のままに去りゆく

夢に泣き声に目覚めて思ひよる悲しみはすべて幼年にあり

甥姪とその配偶者（つれあひ）の集ひゐて家系は二つの相を現はす

末の子の外に置かれしは遠きことと長老の席で酒杯をささぐ

肥後の守でわざと手を刺し泣くわれに母は御斎(おとき)の席立たざりき

にんげんの深き悲しみを知るらしき姪は宴果てにハグして去れり

連山の隠るるを惜しむ帰るさの狭霧に滲む峡(かひ)のもみぢ葉

夕日ヶ丘

子らが球と戯れ遊ぶ林間地　災厄は遠き冬空の下

押し潰す果実の色に穢さるる地のいづこにか富の集積

磔刑は人なき隅に捨て置かれ夕日ヶ丘の眺めは和む

落日に予兆を見むと丘の端に去にし世の長（をさ）立つにあらずや

段丘上のむら守り継ぐ者の知恵ある血の色の夕べ滅びき

〈黄金と闇〉――ボルヘスの詩「短歌」六章のうち三章による飜案

アンサンブル・ノマド音楽監督ギタリスト佐藤紀雄兄に献ぐ

1

高い頂の
庭をひたす月
黄金の月。
影に触れるきみの
唇はなお美しい。

2

闇に隠れた
鳥の声も
静かになった。
きみは庭をあゆむ
みたされぬ想いで。

4

月の下の
黄金と影の虎は
爪に眼を凝らす。
しらしら明けに、人を
裂いたとは知らずに。

（鼓直訳編『ボルヘス詩集』思潮社海外詩文庫より）

黄金の月は高丘の園に満ちくちづけるひとの影うるはしき

闇に啼く鳥も静まり去りがてに園を徘徊(もとほ)るひとが香に立つ

黄金と闇が縞なすけだものは人裂きし手と覚えず見詰む

秋のグロリア

高らかにV字V字の枝をのべ欅並木の秋のグロリア

一年前いのちに向かひ合ひしこの林の黄葉見つつ安らふ

ふかぶかと落葉はきびしきものを問ふおまけの生命いとしみ歩めば

空広き武蔵野台地を渡り来て風は散る葉にきらめきを添ふ

新しき落葉は落葉の上に降りかそけく空の青きを告ぐる

娶らざる公孫樹の群れは黄金の精をそそげり男の子らなりと

光を負ふ小さきものが走るかに枯葉がさそふ残酷童話

青草を落葉の間(あひ)にまさぐりて去りがてに冬の入り陽はよぎる

体感

牡丹ほどの罌粟が喬木に咲く里にいつ住み居しかいくたびも帰る

車前草の道を伝ひて迷ひ入る黒き屋敷の廊果てしなし

迷路めく地下の浴場に引かれゆく少年工にピンクのしるし

駈け出しの記者がむなしく出入りする青ピンク黄の褪せたる家並

小石原に道まぎれ入りさはさはと水死の怖れさして来るらし

ほのぐらき群衆につききたれるに狭き車室にひとり閉ざさる

ダウンヒルのスピードをもつて移動するわれにしなやかな体感があり

雪国のトンネル抜ければアメンドの花盛りなる世界ひらけむ

パリの銃声

シャルリ・エブド紙襲撃ほか連続テロ（二〇一五年一月パリ）

パリの銃声鎮まりてのちしかと見えぬ区分けのうちに追ひ込まれ居り

筆記具を没収されて数日に正邪あやふやになれるを怖る

中庸と品位を楯に勇気なき自己規制の矛またたち並ぶ

表現は見えざる思想の肉化なれば枝肉吊しの鉤を危ぶむ

ひたひたと鉄階段をひたくだり事の外側にいつまで生くる

この星の時

転移するテロの世紀をいたみつつ癌検査日をほとほと忘る

ここの筋この関節をいとしめと痛みがせかす身体のさらば

にんげんを払ひ落としてこの星の時は終りを清くするかな

蝕まれ朽ちゆく樹木の苦を超ゆるいのちの謎にまぎれ得たらば

目につかぬ生活雑貨補ひつつ来む日のきみの起居思ひやる

黒旗なびく

シリアで過激派組織ＩＳがフリージャーナリスト後藤健二氏ほか一名を拘束

乾らびつく冷気を負ひて跪く生死（しやうじ）の極みの覚悟不覚悟

謀られし男の無念まざまざと毅然たればこそ訴へやまず

希望捨てたる者の汚辱の深みゆく残酷劇を見つつ穢さる

死の側に引き渡さるる変容を見たりつぶさに見るべからざるを

赤旗は皇帝の門に黒旗は国家揚棄の荒野になびく

新思想の権力論にいま問はむ自国空爆の統治とは何

普遍的価値をいなして呼び出せる超リヴァイアサンに悪の思惟なく

静かなる日本人よ　歯には歯を剃かむ匹夫をトップに置けど

虚空のふち

文明の差異を認めずニムロドは無明回帰に毀（こぼ）たれ畢んぬ

精神のブラックホールとしてあらむ信は光へとほとばしるべきを

テロリズムの闇に惑へるわれはまた向日性のきみに救はる

早春の気はいつとなく地を拭ひ裸欅の影を横たふ

雛の日の鳥啼き交はす公園にギター独習の老女がひそむ

老梅の見頃見頃に会ひし人らかぎろひたちてそびらに去ぬる

二分かれの片身枯れにし白梅の白きが淡く春をかげらす

祈りの日過ぎて馬酔木の咲き出づと告ぐべき彼も誰もはるけし

マンションの裏手の隅にひつそりと鶫と居ればわれと怪しき

川添ひの櫟林の通学路　なぜに冬枯れのみが顕ちくる

花びらに朽葉の屑をちらと添へ風は弁当のわきを走れり

風が通るつねの花陰の席を避けあの木この木と浮気して回る

今年またふたりの花見なしえたる喜びは言はず弁当を誉む

思ふことはとうにたれかが思ひしと花散れる地のささめき邃（ふか）し

粗砂の道たんたんとのびゆけり酒杯煌く会話のわきに

意見には意見つがはせじやれあふを虚空のふちにはぐれて佇てり

詰襟の横顔はつとそこにあり深きグラスにワインを揺らす

慕はしき者ほど先に席を立ち捕へやうもなき瞳にかへる

親しかりし名がもう一つ見当らず同窓会員名簿の無常

なぜとなく悪しき思ひの漲らひ青き胡桃の生毛を濡らす

連結車輪

なめらかに連結車輪の回るごと走者四人のリズム安けし

グラウンドを隊伍乱さずめぐりくる脚の回転に視線絡まる

制服の渋皮剝かれアスリートの艶ある腿は Hermès に勝る

少年は春惜しまねど夏まだき風をうかがふ天の大鷲

風に弾む肉はおのづと終末へ地異へ暗まむ情報に背く

非・日常の切断

東京レインボー・プライド・パレード二〇一五（四月二六日渋谷区代々木公園）

「いつわらず生きて愛したい」パレードと歩道のallyを虹がつなげり

＊ally（アリ）＝同盟者、同族。

フロートは非・日常の切断者　つづくはそこらの日常そのまま

＊解放の老アクティヴもたれかれにまじつて歩くソレデヨイノダ

木の蔭に椅子を組みたててわれを置きパレード帰着まできみが気遣ふ

仮設相談コーナーに行政書士永易至文兄を励ます

「考えもしなかったでしょ、あの頃」とふコメントにあまる恥とおびえと

差別語で話振りきたる運転手のひよいと態度を改むるまで

アクティヴの遍歴

ＮＰＯ日本ＨＩＶ陽性者ネットワーク・ジャンププラス元代表長谷川博史兄を
国立国際医療研究センターに見舞ふ

「生かすなら生きてやろう」と二回り細身となれるパフォーマーは言ふ

思ひ溢れて言葉につまるわれを措きてきみはやさしく事を確かむ

片脚を去りて意識の混濁が晴れりと言ひぬ意識高き者が

アクティヴの遍歴のみが資産なれば支援グループにすべてをさらす

新宿の空暗澹と窓にあれど若き支援者は気負ひを見せず

文明の悔い

駈け抜けし者はいかにか思ひしと五月の風に肌を吸はしむ

壊滅の淵より蜂がよみがへりシナノキに蜜しとどうるほふ

「ミュゾットは右」の標識見て過ぎし二度と行けざる地こそ生傷

気がつけばつぶての原は視野に満ち文明の悔いを深く沈めり

捨つべしと銃つきつけて過ぎし世の交換様式へ われらが追はる

大破局いくつ重ねて生きのぶる生命の川の行方を知らず

胸の上に抱けばおのづとそよぎたつことばは他者の眠りに溶けよ

崩れゆく味の好みを伝へ得ぬもどかしさより淡き悲しみ

日常の機能ままならね非日常の偶発にさらすことなからしめ

きたるべきことにひとしく息をひそめまたも七月の敗残者たり

古坂の磚　道（いしがはらみち）降り行かばメトロポリスなく焦土に出でむ

藍より青き

メディアごとの報道姿勢をチェックする藍より青ききみにたぢろぐ

安保法案反対一〇万人国会前集会（二〇一五年八月三〇日）
ノンポリの世代のきみが背を向けしデモに赴くいまこのうねり

足弱の足手まとひになるを怖れ抗議集会の映像に見入る

若きらの反対を呼ぶ音頭とりおのづとラップの韻律に乗る

老父めく安堵の息をおしかくしデモ終へて弾む声にうなづく

臭跡

目を引ける小さき花々口々にヘクソカズラと名のれば退(の)けり

嘴と脚をオレンジに色を合はせ椋鳥こもごもモンローウォーク

失へるもののひとつにユウゲショウ補修以前の路肩に咲きし

＊ユウゲショウ Oenothera rosae は熱帯アメリカ原産のアカバナ科帰化植物。

落葉松の音叉の森に老いてのち佇たむと欲りて遠鳴りに朽つ

＊上信国境の連山にある落葉松原種林は、雪のため多くの木が根元近くで二分かれしてゐた。

幻に顕ちて居るべしもはや来ぬオペラのロビーに見知りし人ら

『君主論』再読

成り上がり悪しき君主の範例を長たりし日にてらせばにがき

霜月のしらしら明けに徒歩で来し国界橋の構図焼きつく

＊甲斐・信濃国境、釜無川にかかる橋。旧制甲府中学校では毎年一一月三日午前零時から終日、甲府から松本方面に歩ける限り歩く強行遠足の行事があった。

ふるさとの登美（とみ）の高地（こうち）よ夢見山よ　地図になき名を母が教へし

倉の隅に黒光りせし鉄亜鈴　父の鬱勃の肉を偲べと

マイノリティ蔑視を思想に嗅ぎわくるわれは格率によるにあらねど

世界共和国論に寄せて

新しき闘諍をへねば至らざる理念はいつか狂気孕まむ

頭脳化と繁殖抑制プログラム　進化があはれ性をあやつる

黙殺を楽しんで逝ける柩にはいさぎよく赤き薔薇を一輪

臭跡をくらまして生き終へむものを葉をちぎりつつことが追ひくる

パートナーシップ

スーパーに食材さがす青年らに終末迫ると誰が告ぐべき

キャリアーを押すTシャツの若き背が逞しき伴侶(とも)を従へて行く

売り場から売り場へ空気やはらげて家常の福音を二人が伝ふ

地の掟を男ら熱く犯せりと冷凍室に吊してはならぬ

すぐここにもパートナーシップ認めさせむ自負が共感を優しくささそふ

＊「渋谷区男女平等及び多様性を尊重する社会を推進する条例」（二〇一五・四・一施行）

その愛を知る者だけがきびきびと二人に通ふ信を見て取る

生殖よりさまよひ出づる肉にして価値を生み出す魂あらむ

美しき星滅びむといたまざれ若きらになほ美しき時

古代末期

また新らた線状降水帯とふ気象あらあらと地をにじりてやまず

SEALDs 九月一九日未明

雨しげき夜の極みに目覚めたる若者らあり既視感(デジャヴュ)と言ふな

再発の兆しはなしの診断にきみが手早くディナーにシャンパン

癌看視はほぼ生涯にわたらむと医師は微笑めどあと幾許の生

死は幾度手を広げては退(の)き去れるその変幻を醒めて見るべく

ファルネジーナを予定の明日は帰国日と言はれて止みき死を受け入るるごと

*ファルネジーナ荘はローマのテヴェレ川畔にあり、ラファエロとその弟子が建築・内装にかかわったルネサンス時代の富豪の別荘。

刈られたるのち生ひ出づる下草の青いたいたし秋の光に

はたはたとシラカシが実を振りおとし林の気配しばしやはらぐ

カーテンの隣の愁訴聞き居ればリハビリルームも一つの広場（アゴラ）

いつになく歩行が軽し遊歩路に盲目の女性（ひと）と犬も来会ひて

諸文明の古代末期の跡をなぞりいま文明は廃墟へ進む

失はれし風景

オデヲン座・酒場多楽福(たらふく)跡もなく二十年住みし町にさまよふ

＊東京・杉並区の中央線阿佐谷駅北口付近。

失へるもののひそまむ闇を余まし町はうそうそと光をまとふ

阿佐谷ジャズストリート

首振りつつきみが口ずさみ来し道がこのステージにつづけるが見ゆ

誰もあへて引き受けざりし運命を愛せりきみとかの細道に

失はれし風景はそこに幾重にも紙芝居の絵のごとく入れ替ふ

カーヴして列車が橋にかかるとき誘蛾灯の列青く迫りき

ゆるぎなき自然の深き眼差がさまよふわれの眼(まなこ)を捉ふ

根源の飢ゑありて生くる眼差に風景がひらくうつろひの相

居らざるごとく

ひつそりと欅黄葉を仰ぎ居れば居らざるごとく人はよぎれり

散歩者は互ひを視野にとどめつつかかはりのなき距離を保てり

いまもお家(うち)に帰りたくない気持涌くいづこでもよしわれにあらざれ

ちあきなおみの歌に

持ち歌の虚が実となる名歌手の証し悲しと聴く「冬隣」

逝ける者多くは八十余歳にて賀詞欠礼の言触れ繁し

相寄りし双曲線の相分かれ友情に魔の酒の後味

散り残る一樹のもとに慕ひゆく踝までを朽葉が埋む

森に沈む陽は草山を這ひのぼり暗殺者のごと悲しみを刺す

冬草の

冬草の別れを胸にたばかりし罪くきやかにじやうるりぢみち

闇が呼ぶふとんの中の胴震ひ　青春は癒えぬ古傷なれば

満ち足れる緑地に遊ぶ子らがつと焦土の孤児の思ひをゑぐる

幾度でも人は生き直す　ただそつとそこから起きて去つてゆけたら

背後より抱(いだ)かれて寝るやすらぎを老いちぢまれる者がまた知る

死はおよそ驚嘆の的ならざればたなごころに薔薇まろばせるのみ

悲しみは肉と共に朽ち喜びはきみの喜びとなりて生き居む

いつか届くノイズをなして時空越ゆ自己複製のこの星のこと

ワイングラスかたへに愛の楽章をい寝(ね)ぬそのまま覚めざらましを

＊マーラー作曲交響曲第三番ニ短調の第六楽章「愛が私に語ること」。

わが性(さが)を手鎖にして書かざりし重きことども闇に沈めり

耳の殻に脂浮かせて冴えかへるかのけだものは後尾につけり

総歌数は、戯作・翻案などを除いて四二二首。うち「浮遊」五〇首は「新しき体験」四〇首として浅野光一主宰短歌誌「谺」七三号（二〇一四年三月刊）に掲載。

同じ著者によって

詩集

『狂気の処女の唄』(一九六一年・昭森社)
『北方』(一九六二年・昭森社)
『声の森・氷の肋』(一九六三年・昭森社)
『肉の鋏』(一九六六年・昭森社)
『裸のままの十の詩その他の詩』(一九六九年・昭森社)
『墜ちよ少年』(右記の五詩集に未刊詩篇を加えた綜合詩集/一九七四年・深夜叢書社)
『ミス・プリーのとろけもの園遊会』(戯詩集/一九七四年・深夜叢書社)
『眼の殃』(一九七五年・昭森社)
『罪の変奏』(一九八一年・昭森社)
『沈黙の音楽』(一九九〇年・深夜叢書社)
『五月の笹が峰』(二〇〇〇年・書肆山田)
『孔雀荘の出来事』(二〇〇二年・書肆山田)
『マンゴー幻想』(二〇〇四年・書肆山田)
『交換』(二〇〇六年・書肆山田)

『冬至の薔薇』（二〇一〇年・書肆山田）

歌集

『風の仕事』（二〇〇三年・書肆山田）
『光源なき灯台』（二〇一二年・書肆山田）

詩画集

『魔王連祷』（版画・横尾龍彦／一九七五年・深夜叢書社＋西澤書店）
『悪徳の暹羅雙生児もしくは柱とその崩壊』（版画・建石修志／一九七六年・沖積舎）

旅行記（共著）

『仏陀の旅』（写真・福田徳郎／一九八一年・朝日新聞社）

音楽評論

『猫のための音楽』（一九七八年・第三文明社）
『そして音楽の船に』（一九九〇年・新書館）
『音楽という戯れ』（一九九一年・三一書房）

『オペラの快楽』（一九九二年・ＪＩＣＣ出版局／一九九五年・洋泉社／増補改訂文庫版上下二巻本二〇〇八年・宝島社）
『オペラ・アリア・ブック』全四巻（一九九二年・新書館）
『オペラ知ったかぶり』（一九九六年・洋泉社）
『オペラ・オペラ・オペラ！——天井桟敷のファンからの』（一九九九年・洋泉社）
『オペラ・アリア・ベスト一〇一』（『オペラ・アリア・ブック』増補一巻本／二〇〇〇年・新書館）

音叉の森＊著者相澤啓三＊発行二〇一六年六月二五日初
版第一刷＊装画建石修志＊発行者鈴木一民発行所書肆山
田東京都豊島区南池袋二―八―五-三〇一電話〇三-三九
八八―七四六七＊組版中島浩印刷精密印刷石塚印刷製本
日進堂製本＊ＩＳＢＮ九七八-四-八七九九五-九三八-六